Die Haft – ein Leben in Angst und Schrecken

Nico Gertler

Die Haft – ein Leben in Angst und Schrecken

Eine Erfahrung

Bibliografische Information der Deutschen Nationalbibliothek:
Die Deutsche Nationalbibliothek verzeichnet diese
Publikation in der Deutschen Nationalbibliografie;
detaillierte bibliografische Daten sind im Internet über http://dnb.dnb.de abrufbar.

Lektorat und Buchsatz: Tanja Fürstenberg www.textniveau.de

Herstellung und Verlag: BoD – Books on Demand, Norderstedt

ISBN 978-3-7322988-5-3

Vorwort:

Wir, meine Frau Gudrun und ich, betreiben ein
Gästehaus in Kelkheim am Taunus, wobei vorzugsweise
Handwerker, Montagepersonal oder andere Berufsrei-
sende untergebracht sind. Diese arbeiten meistens in
oder an Gebäuden und Anlagen im Rhein-Main-Gebiet,
wobei sie vielfach als Wochenendheimfahrer drei bis
vier Nächte bei uns wohnen, um dann wieder die Heim-
reise anzutreten.

Doch nicht allein diese Klientel findet bei uns eine
Unterkunft, sondern – durch einen langjährigen Kontakt
zum Sozialamt des MTK – vielfach auch sozial benach-
teiligte Menschen, die auf dem Weg der Resoziali-
sierung bei uns einen „Zwischenstopp" einlegen, bis
eine Arbeit und anschließend eine geeignete Wohnung
für sie gefunden wird.

Am Nachmittag des 13.04.2013, ich stand gerade im
Hof unseres Anwesens, hielt ein Mercedes vor unserer
Einfahrt an. Es stiegen eine blonde Frau mittleren Alters
sowie ein junger Mann aus und kamen auf mich zu. Erst
dachte ich, die Zwei sind auf der Durchreise und wollten nur mal nach dem Weg fragen, als die Frau sich als
Sozialarbeiterin vorstellte und fragte, ob wir denn ein

Einzelzimmer für ‚diesen jungen Mann' frei hätten. Dieser streckte mir dann mit einem breiten Grinsen die Hand entgegen und kommentierte dies mit den Worten: »Hallo, ich bin der Nico!«

Der Händedruck sowie die sympathische Art der Begrüßung, ließen sofort in mir die Frage aufkommen: Na, was ist dem Bengel denn passiert, dass er hier mehr oder weniger alleine eine Bleibe sucht. Was den Unterschied zu vielen vergleichbaren Begrüßungen darstellte, war die Tatsache, dass kaum einer bisher mit solch einer positiven und extrovertierten Vorstellung hier aufgetreten war. Weiterhin war ich natürlich sehr überrascht, als wir ihm das einzige freie Zimmer zeigten und er sich gar nicht einkriegen konnte, indem er immer wieder ein »Ah« und »Oh« ausstieß und dies noch mit Worten wie »Klasse« und »Super« zusätzlich kommentierte. Da wir uns zwar bemühen, unseren Gästen eine saubere Unterkunft anzubieten, ansonsten aber mit einer mehr spartanischen Ausstattung aufwarten, waren wir über die voluminösen Beschreibungen von Nico schon sehr überrascht. Was ist an einem Bett, einem Schrank, einem Esstisch mit Stühlen, einem Kühlschrank und einem kleinen Fernseher denn dran, um es mit solchen begeisterten Ausdrücken zu bedenken?

Doch dann glaubte ich einen Augenblick lang, im Gesicht von Nico einen bittenden Ausdruck entdeckt zu haben, der uns eigentlich nur sagen wollte: »Lasst mich hier bei euch wohnen!«

»Gut«, sagte ich mir daraufhin, »die Chemie stimmt, also das machen wir; wer so klar auf Menschen zugeht und mit dem einfachen Zimmer so zufrieden ist, das sollte auch ein angenehmer Mieter sein.«

So zog Nico in das Zimmer 5 im Vorderhaus ein und ging auch gleich auf die anderen Gäste zu, redete mit diesen, stellte sich in der Küche zu den Rauchern und bekam auch gleich eine Zigarette von den dort redenden Männern angeboten.

Wenn wir uns in den folgenden Tagen sahen, bombardierte er mich mit allen möglichen Fragen und bot mir jederzeit, wenn er mich an irgendeiner Sache arbeiten sah, seine Hilfe an. Gerne nahm ich sein Angebot an, wenngleich ich öfter das Gefühl hatte, dass ich ihn das eine oder andere Mal bremsen musste, da er mir wie ein Motor vorkam, der immer im oder zumindest hart am ,roten Drehzahlbereich' läuft. Wieder stellte ich mir die Frage: Was ist mit diesem Menschenkind passiert, dass er wie ein Rennpferd in der Startbox steht, welches dort raus will und deshalb dauernd mit den Hufen scharrt?

Ein paar Tage später teilte ich Nico mit, dass er aufgrund einer uns seit Langem bekannten Baufirma, die ein weiteres Zimmer benötigte, aus ‚seinem' Zimmer 5 in das Zimmer 16 im Hinterhaus umziehen musste. Auch hier kamen wieder die schon bekannten »Ahs« und »Ohs« und dann die Frage: »Kann ich nicht in das Nebenzimmer umziehen, das hat ja zwei Fenster und da kann man bei beiden ins Grüne schauen!«

Nun war der Punkt erreicht, wo mir die direkte Frage rausrutschte: »Sag mal, was ist mit dir los?«, wobei ich an die für mich erlebten Ungereimtheiten mit ihm dachte, »ich habe das Gefühl, du möchtest mir etwas sagen, weißt aber nicht so recht, wie!«

Da hatte ich wohl ungewollt eine riesige Schleuse geöffnet, denn von jetzt auf gleich sprudelten die Erklärungen und Geschichten nur so aus ihm heraus.

Er erzählte mir von seinen Eltern, von seinen falschen Freunden, seinen Bemühungen, es allen beweisen zu wollen, dass er ein guter Mensch sei und last but not least von seinem Abrutschen auf eine schiefe Bahn, die ihn geradewegs, über eine Verurteilung als Steuerhinterzieher und Urkundenfälscher, in eine Haftanstalt führte.

Nun wurden mir einige Dinge klar, warum diese Rastlosigkeit, warum ihm selbst ein einfaches Zimmer so gefallen konnte und warum ein Zimmer mit zwei Fenstern und dem Blick ins Grüne bei ihm solch' Begehrlichkeiten weckte.

Eingesperrt zu sein in einem Raum von sechs Quadratmetern, mit nichts als einer harten Liege, einer dreckigen, nackten Kloschüssel und einem 50 x 50 cm großen, vergitterten Fenster, mit einem schwierigen und zugleich trostlosen Blick auf einen umzäunten Innenhof.

Dies war für mehr als ein Jahr seine Strafe, wie er selbst sagte, für: Nicht genügend auf die Eltern gehört, alles immer besser gewusst, keine Einsicht bei Hinweisen auf unkorrektes Verhalten und *Freunde*, die einem immer wieder eintrichterten, dass man mit illegalen Methoden doch viel schneller zu Geld und damit zum Ziel komme.

Nach etlichen Wochen mit vielen Gesprächen und neuen Bekanntschaften, die ihm gerade sein geläutertes Verhalten und diese neue positive Ausstrahlung verschafften, nach Einladungen die ihn in einer Diskothek wieder mit anderen positiven Menschen zusammenbrachten oder zu einer Hochzeit, für die er, bei der Wirtin meines Stammlokals, sogar einen Anzug von deren Sohn ausgeliehen bekam, kam er zu mir und bedankte sich für die Unterstützung und die angenehmen Gespräche. Manchmal hätte er mich als guten Kumpel und vielfach als väterlichen Freund erlebt. Er wüsste jetzt, wo sein Weg hingehen solle und auch, dass er an einem Buch schreiben würde, wo er das Erlebte verarbeiten wolle.

Dass dies nun vollendet ist, dass er zurückgefunden hat und wieder ein wertvolles Mitglied der Gesellschaft wird, dass er wieder bei seinen Eltern ein richtiges ‚Zuhause' findet und anderen Aspiranten, die ins Schlingern geraten sind, mit seiner Geschichte hilft, auf den geraden Weg zurückzufinden, dies wünschen wir Nico Gertler von ganzem Herzen.

Gudrun und Hasso Hör
Kelkheim im April 2014

Alles fing an, als ich mit siebzehn Jahren von zu Hause auszog. Im Nachhinein betrachtet war das leider viel zu früh, doch ich tat es damals, weil ich über die Maßen in eine Frau verliebt war. Ich bin zu ihr und ihren Eltern gezogen und wir lebten ungefähr sechs Jahre zusammen in einem Haus. Allmählich geriet mein Leben aus den Fugen, denn ich lernte mit dem Umzug auch viele falsche Personen kennen.

Wir bildeten eine Gruppe von sechs Leuten. Unter uns war Herbert, der es faustdick hinter den Ohren hatte. Er hat die anderen oft dazu verleitet, Dummheiten zu begehen. So hat er beispielsweise Handyverträge abgeschlossen und die Handys anschließend verkauft und daraus Profit geschlagen. Herbert hat tüchtig abgesahnt und ich war mitten im Geschehen und habe mich mitreißen lassen, bin im Strom mitgeschwommen. Erste Erfahrungen mit Drogen kamen hinzu, ich habe Koks genommen, gekifft und gesoffen – alles in einem Monat. Keine ruhmreiche Zeit! Irgendwann haben meine Hände gezittert und – mal ehrlich – wer braucht so einen Scheiß? Das ist völliger Mist, wenn die Gesundheit den Bach runtergeht und man immer tiefer in Kreise hineingerät, in denen man sich besser nicht aufhalten sollte. Ich kannte Drogenhändler, Männer, die mit Menschenhandel zu tun hatten, und noch viele andere Leute. Nichts ist mehr von Wert, wenn man sich mit den Falschen anlegt, die sogar nicht davor zurückschrecken, in die Wohnung einzubrechen und persönliche Dinge zu stehlen.

Ich beschwöre euch, bitte, tut euch den Gefallen und lasst euch nicht auf Leute ein, die mit Drogen zu tun haben oder noch tiefer in der Scheiße hängen. Das bringt nur Probleme! In meinem Fall führte es sogar dazu, dass ich in den Knast gekommen bin.

Es war ein lauer Sommermorgen, ich wollte eigentlich für zwei Wochen auf eine Promo-Tour fahren. Leider ging das nicht, denn ich hatte meinen Personalausweis verloren, den ich dafür benötigte. Stattdessen bin ich zu einer Tankstelle gefahren, um mein Handy auszulösen, das ich als Pfand für eine Tankrechnung hinterlegt hatte.

Ich war äußerst froh, es wieder in den Händen zu halten, schaltete es sofort ein und hörte die Mailbox ab. Unter anderem hatte ich einen Anruf von der Polizei erhalten und es hieß, ich solle umgehend zurückrufen, da ich einen wichtigen Brief unterschreiben müsse. Der Richter, mit dem ich bislang nur telefoniert hatte, kannte meine neue Anschrift, und es dauerte nicht lange, da kündigte sich die Polizei an. Ich konnte gerade noch vereinbaren, dass sie nicht direkt vor dem Haus parken. Ich wohnte erst seit Kurzem dort und die Peinlichkeit, dass ein Polizeiwagen meinetwegen kam, wollte ich mir ersparen.

Der Himmel zog sich langsam zu an diesem Nachmittag, und es begann zu regnen. Das Auto der Polizei parkte eine Straße weiter weg, ich lief ihnen entgegen, und als ich an der Motorhaube stand, unterschrieb ich den Brief vom Gericht. Auf einmal öffnete sich die Hintertür des Wagens und zwei Kripobeamte traten ins Freie, der eine mit gezogener Waffe. Sie sagten zu mir, ich solle keine Faxen machen, sonst ergehe es mir sehr schlecht. Tränen schossen mir in die Augen, mein Herz raste und ich drohte, zu kollabieren, aber ich fing mich wieder. Die Polizisten legten mir Handschellen an, obwohl ich mich gar nicht wehrte, und führten mich in meine Wohnung. Hier lösten sie die Handfesseln und ich konnte ein paar Klamotten einpacken. Hätte ich gewusst, was mich erwartet, hätte ich mehr eingepackt und mitgenommen, aber ich war der Überzeugung, am nächsten Tag nach Hause zurückzukehren. Während der Fahrt zum Revier erhielt ich die Erlaubnis, zu telefonieren. Mittlerweile regnete es heftig und ich ahnte, dass dies der beschissenste Tag in meinem Leben wird. Ich rief bei meinem besten Freund und meinen Eltern an, doch ich erreichte niemanden. Ich verzweifelte, wusste keinen Ausweg mehr.

Als wir in Frankfurt in der Polizeiwache ankamen, wurden Fotos gemacht und meine Fingerabdrücke in die Kartei aufgenommen. Das empfand ich als äußerst unangenehm, da ein alter Arbeitskollege von meinem Vater dort arbeitete, der mich bereits als Baby kannte. Es war nicht nur für mich in höchstem Maße peinlich, sondern auch für meine Familie und das tat mir noch mehr weh. Als ich schließlich in eine Zelle geführt wurde, die schwere Metalltür ins Schloss fiel und der Schlüssel umgedreht wurde, lief es mir eiskalt den Rücken herunter. Das kleine Gewahrsam sah schäbig und heruntergekommen aus. Die ehemals weißen Kacheln waren verschmutzt und vergilbt vom Zigarettenqualm. Statt einer normalen Toilette erblickte ich lediglich ein Scheißloch. Daneben stand eine Art Holzbank mit einer Gummimatte drauf, aber ich konnte sowieso nicht schlafen, sondern musste fast die ganze Nacht heulen.

Am folgenden Morgen führte man mich um sieben Uhr in eine andere, größere Wartezelle, wo ich noch einmal zehn Minuten telefonieren durfte. Zwei Kripobeamte aus Bad Homburg nahmen mich mit, und wir fuhren von Frankfurt nach Usingen zum Haftrichter. Die Autofahrt war ein Albtraum, wusste ich doch nicht, was mich erwartete. Die Beamten machten mir zwar Hoffnungen, dass ich bald gehen kann, aber leider war dies nicht der Fall, wie sich später herausstellen sollte. Im Gerichtssaal saß neben dem Richter eine Dame von der Jugendgerichtshilfe, eine wahre Traumfrau. Ich sah in ihre Augen, als der Richter das Urteil sprach. Ich sollte für ein Jahr und zwei Monate in den Knast wandern, was sich allerdings, da weitere Verfahren anhängig waren, noch erhöhen könnte. Ich versuchte, den Richter mit allen Mitteln umzustimmen – vergebens. Auf der

Rückfahrt nach Frankfurt schwiegen die zwei Kripobeamten.

Unter Tränen informierte ich die Nachbarin meiner Eltern am Telefon. Sie wusste gar nicht, wie ihr geschah, und wollte wissen, was los sei. Ich erklärte es, aber wegen der Heulerei kam nicht viel rüber. Also nahm ein Beamter den Hörer in die Hand, um mit ihr zu sprechen. Ich durfte auch noch einmal kurz mit ihr reden und sie versprach, meinen Eltern Bescheid zu geben. Als wir später in der Justizvollzugsanstalt in Frankfurt-Preungesheim ankamen und die Beamten mich überstellten, erlebte ich den Horror hoch zehn. Ich musste meine Klamotten komplett ausziehen und mir in den Hintern gucken lassen, damit ich keine Drogen oder SIM-Karten mit hineinschleuse. Weitere Fotos sind ebenfalls geschossen worden, naja, dazu brauche ich nicht viel zu sagen, das Foto sah eher unvorteilhaft aus. In einem kleinen Raum wartete ich mit anderen Häftlingen darauf, aufgerufen zu werden. Die Luft im Wartezimmer war stickig vom Zigarettenqualm und auch ich steckte mir eine an. Ich spielte angespannt mit der Zigarette, wusste absolut nicht, was mich erwartete bei meinem ersten Knastaufenthalt.

Endlich kam ein Wärter, der uns einzeln mit Namen aufrief und uns ein Paket mit Handtüchern, Bettzeug und einer Kleinigkeit zu essen in die Hand drückte. Wenn ihr jetzt denkt, wow, die Knackis bekommen sogar ein Fresspaket, so liegt ihr falsch – wir erhielten nur ein bisschen Brot und Schmierwurst. Und alle, die denken, das haben die Insassen auch so verdient, liegen ebenfalls daneben, denn diese Behandlung ist menschenunwürdig, egal, was man verbrochen hat.

Meine Zelle erschien mir riesengroß. Viel stand nicht drin, nur ein Schreibtisch und ein Stuhl, statt einer Toilette wieder ein Loch und ein Eimer und ein rostiges Bettgestell mit vergammelter Matratze. Ich will gar nicht wissen, wie alt die Dinger waren! Um an das Fenster mit den Gitterstäben zu gelangen, musste ich den Schreibtisch darunter schieben und draufklettern. Die Gitterstäbe rochen eklig nach Rost und getrocknetem Blut, echt abturnend. Auf dem Hof liefen Ratten herum und Katzen, die die Ratten jagten. Plötzlich wurde mit einem Ruck die schwere Metalltür aufgestemmt und ein Wärter fragte mich, ob ich nicht zum Hofrundgang mitkommen wolle. Ich hatte natürlich Angst, da ich niemanden kannte, dennoch trottete ich hinaus ins Freie. Jetzt stand ich also da, einsam und von allen verlassen auf der gigantischen Hoffläche. Ich sah jemanden auf mich zukommen und erst im letzten Moment erkannte ich meinen damaligen Erzfeind. Wegrennen ging nicht, wohin denn auch? Mich an einen Wärter wenden? Unmöglich! Ich dachte prompt an eine Schlägerei. Er näherte sich mir, begrüßte mich unerwartet nett und wollte wissen, warum ich sitze, und ich erzählte ihm einen Teil der Story. Er fragte mich, ob ich Tabak brauche, und erklärte mir, worauf ich achten müsse und was ich absolut nicht machen dürfe und wem ich besser aus den Augen gehe.

Gegen Abend wurden drei Zellen aufgeschlossen und man fragte mich, ob ich duschen wolle. Ich bejahte. Hätte ich allerdings gewusst, dass ich mit zwei Russen unter die Dusche gehe, die mich merkwürdig musterten, hätte ich natürlich nein gesagt. Einem von ihnen fiel tatsächlich die Seife zu Boden – wie im Film! –, und ich habe meinen Hintern noch näher an die Wand gedrückt. Ich wartete, bis die Zwei fertig waren, und durfte dank der Beamten ein bisschen länger duschen. Die Nacht war der Horror, ich habe durchgeheult und konnte nicht pennen, und es war so verdammt komisch ohne Handy.

Ich musste ständig daran denken, wer mir wohl geschrieben hatte.

Am nächsten Tag fuhr ich mit mehreren Leuten in einem Transportbus der Polizei nach Weiterstadt in den Knast. In dem Bus war es so eng, dass man nicht einmal die Arme ausbreiten konnte. Ich fühlte mich wie in einem Sarg, wobei man in einem Sarg gewiss noch mehr Platz hat! Die Fahrt kam mir vor wie die längste in meinem Leben, ich dachte, sie ende nie. Ich schaute aus den kleinen vergitterten Fenstern und erblickte die glücklichen Menschen draußen. Es machte mich fertig, das zu sehen, und stimmte mich verdammt traurig.

Kurze Zeit später erreichten wir das Gefängnis. Wie eine Festung stand es mitten auf einem Feld. Zum wiederholten Mal wurden meine Daten aufgenommen, wieder musste ich mich ausziehen und wieder wurde ich kontrolliert. Dann hieß es, zwei Stunden mit den anderen zu warten, bis wir auf die Häuser verteilt wurden. Diese Warterei ermüdete mich, auch wenn man sich natürlich in der Zeit mit den anderen austauschte. Nachdem ich einige Geschichten gehört hatte, wusste ich, dass ich wahrlich ein Kleinstkrimineller war im Vergleich zu den dicken Fischen. Vor mir standen Mörder oder Totschläger und ich musste erst einmal schlucken. Ich unterhielt mich eine Weile mit ihnen und stellte fest, dass sie eigentlich in Ordnung waren. Nicht, dass ihr jetzt denkt, ich schließe leichtfertig Freundschaften, aber letztlich sind wir alle Menschen, die auf demselben Planeten leben.

Endlich ging es weiter, ich war müde und wollte einfach nur noch pennen, mir egal wie, Hauptsache ein Bett. Ich landete in einer Doppelzelle und sollte hier einen Tag mit einem Mann, der ungefähr dreißig Jahre alt war, zusammen absitzen. Er war sogar mein Landsmann, kam wie ich ursprünglich aus Rumänien, sprach aber kein Deutsch und wir plauderten auf Englisch. Ich bekam das obere Bett des Etagenbettes zugewiesen und versuchte zu schlafen, was schier unmöglich war. Abends dröhnte von überallher laute Musik und Geschrei von den anderen Häftlingen – der blanke Horror! Mein Zellengenosse postierte sich zu allem Überdruss ebenfalls vor dem Fenster und schrie. Ich dachte nur: ‚Hoffentlich hört das bald auf!‘ Gegen drei Uhr nachts bin ich mit Tränen in den Augen eingeschlafen. Am nächsten Morgen ertönte ein lautes Klingeln mit der

Durchsage *Freistunde Rufanlage*. Ich erkundigte mich bei einem Beamten, was das bedeutete, doch der nahm an, ich würde ihn verarschen und gab mir eine recht schnippische Antwort. Nach der Freistunde hieß es für mich, Sachen packen und in eine andere Zelle umziehen zu einem Serben. Schlimmer konnte es nicht kommen, dachte ich. Ich stellte mich ihm vor und er erweckte auf Anhieb einen sympathischen Eindruck. Wir unterhielten uns über persönliche Dinge. Er hatte eine Familie, die draußen auf ihn wartete. Ich heulte mich bei ihm aus und er spendete mir Trost. Er erzählte, er habe schon öfter im Gefängnis gesessen, und wenn man sich daran gewöhnt habe, sei es nicht mehr so arg. In der Freistunde stellte er mir seine Kumpanen vor. Wir quatschten eine Weile, bis es unvermittelt zu einer Schlägerei zwischen zwei abseitsstehenden Parteien kam. Sofort ertönte eine Alarmsirene und dreißig Polizisten stürmten heraus. Das war ein krasser Anblick, so viele Beamte auf einen Schlag! Wir bekamen Order, auf direktem Weg unsere Gefängniszellen aufzusuchen, wo man uns schleunig einschloss. Zurück in der Zelle redeten wir über meine Beziehung, die ich aktuell führte. Mein Zimmergenosse gab mir den Rat, der Frau zu schreiben, der ich mein Herz vor langer Zeit geschenkt hatte. Das tat ich auch, aber leider kam zunächst keine Antwort, sondern erst ein halbes Jahr später. Ich begann überdies, Tagebuch zu führen, für jeden Tag eine Seite, damit ich mich immer an diese Scheiße erinnere.

In den folgenden Tagen führte ich viele Gespräche mit der Anstaltspsychologin. Sie sah umwerfend aus, und ich vermute darin den Grund dafür, dass ich mich nicht öffnen konnte. Ich sprach lieber mit meinem Zellengenossen, weinte auch häufig in seiner Gegenwart. Er wurde zu einem echten Freund; man mag es nicht glauben, aber wir halten immer noch Kontakt. Es fiel mir verdammt schwer, es im Gefängnis auszuhalten, und ich war froh, mit ihm reden zu können. Natürlich machte man ab und zu Witze, um sich abzulenken, man lachte kurz auf, doch im nächsten Augenblick konnte man aufs Neue losheulen.

Wir besuchten regelmäßig den Gottesdienst, um mit Gott Frieden zu schließen und ihn in unser Herz zu lassen. Ich habe in der Bibel gelesen und jeden Abend, bevor ich eingeschlafen bin – was extrem schwerfiel –, habe ich gebetet. Das Gebet hat mir die Sorgen genommen, denn Gott ist groß und wacht über mich – auch in der schwersten Zeit meines Lebens. Mein Kumpel und ich veranstalteten einen regelrechten Bibelmarathon, wetteten, wer eher fertig wäre. Trotzdem musste man die Worte natürlich mit Verstand lesen. Ich war ungemein froh, ihn kennengelernt zu haben, denn mit ihm konnte ich über alle meine Sorgen und Ängste reden, eben über das, was mir im Kopf herumschwebte.

Um mich richtig auszupowern, habe ich regelmäßig in der Sporthalle Fußball gespielt. Die Vorteile lagen auf der Hand: Einerseits war ich abends ausgelaugt, wenn ich die Zelle betrat, und konnte besser einschlafen, zum anderen tat es mir saugut, mir den Frust von der Seele zu laufen. Allerdings herrschte zu dem Zeitpunkt Sommer, und gefühlte 36° in der Zelle ließen uns tüchtig schwitzen. Überdies mussten wir ohne Kühlschrank auskommen, Käse und Wurst hielten dementsprechend nur einen Tag. Eines Morgens servierte man uns sogar ein Stück Wurst, das bereits vergammelt war und stank. Ich habe etwas davon probiert und – ganz ehrlich – das würde noch nicht einmal ein Hund fressen. Hier ein Tipp Richtung Küche: Bitte, gebt nicht so einen Scheißfraß aus! Außer, ihr beabsichtigt, dass alle an einer Salmonellenvergiftung sterben!!! Nach diesem *Genuss* legte ich mich auf mein Bett, als es klopfte. Ein Beamter sagte zu mir, ich hätte Besuch, und ich fragte mich, wer das sein könnte. Ich harrte in einem kleinen Raum aus. Diese verdammte Warterei nervte mittlerweile über die Maßen! Warum installierte man nicht wenigstens einen Fernsehapparat in den Wartezellen? Mein Anwalt öffnete schließlich die Tür und nahm mir gegenüber Platz. Laut seiner Aussage sollte ich mir keine Sorgen machen, ich würde bald auf freien Fuß kommen. Ich erwiderte daraufhin, dass ich gespannt sei, ob er die Wahrheit sage. Der Anwalt erledigte seine Arbeit wirklich kompetent, ich bin zwar nicht früher herausgekommen, aber er hat dafür gesorgt, dass alle anderen Verfahren eingestellt wurden.

Nach dem Gespräch entließ man mich in die Freistunde zu den Mithäftlingen. Ich beobachtete, dass Drogen die Besitzer wechselten und offensichtlich gedealt wurde. Mich juckte das nicht, ich mischte mich da nicht ein, sonst wäre ich am Ende noch der, der gefasst würde. Ein einziges Mal probierte ich etwas aus, um zu erkunden, ob ich davon gut schlafen kann, aber wie erwartet war das Zeug echt Müll. Seitdem habe ich nichts mehr angerührt, das ist deutlich besser für meine Gesundheit.

Ich sollte ein weiteres Mal verlegt werden. Am liebsten hätte ich geschrien, ich war total verärgert, denn immer, wenn ich mich mit meinem Zimmergenossen angefreundet hatte, riss man mich aus der Umgebung heraus. Ich hatte das Gefühl, dass dies mit Absicht geschah. Ich musste also meine Sachen packen und mich verabschieden. Es liefen Tränen, schließlich war mir mein Zellengenosse ans Herz gewachsen. Tja, so spielt das Leben! Ich war außerordentlich gespannt, wer mich dieses Mal erwartete. Es war ein Deutscher, was für ein Wunder, das war echt selten ;-) Der erste Eindruck versprach Schwierigkeiten, da er sein Revier markieren wollte. Aber ich war nicht blöd, machte erst einmal einen auf *Checker* und letztendlich haben wir uns ausgezeichnet verstanden. Nur das ewige Hin und Her widerte mich an. Ständig lernte ich andere Leute kennen, musste deren Geschichten anhören und meine eigene immer wiederholen, was ich bald leid war. Ja, ja, gewerblicher Betrug, hat sich für ein halbes Jahr gelohnt, war ein geiles Leben, aber das war's dann auch, denn hätte ich mein Kapital gespart – wie eigentlich jeder normale Mensch –, hätte ich schon Einiges auf der Seite, drauf geschissen, ist halt anders gelaufen. Im Nachhinein ist man ja immer schlauer ...

Wir haben uns in der Zeit oft ausgetauscht über das, was wir verbrochen hatten und über das Leben im Gefängnis. Allmählich gewöhnte ich mich ein bisschen an den Knastalltag – vollständig gelänge mir das gewiss nie. Ich will auch definitiv keine Knastkarriere verfolgen wie manch andere Leute, die sich daran aufgeilen und es toll finden, in den Knast zu wandern! Ich bin nicht so ein Mensch und mit dieser Klientel habe ich nichts zu schaffen. Ich saß meine Zeit ab und freute mich auf den Tag der Entlassung, der leider noch verdammt weit entfernt lag.

Unterdessen litt ich unter der Hitze, nicht ein Windhauch war zu spüren, Abkühlung Fehlanzeige! Was sollte erst der Hochsommer bringen, wenn die Temperaturen jetzt schon bei gefühlten 40° lagen? Ich befürchtete, wegen der starken Wärme in Ohnmacht zu fallen. Tja, hätte ich nicht so einen Mist gebaut, wäre es nie so weit gekommen, aber ich Idiot, ich Dickkopf habe ja nie auf die anderen Leute gehört ... Gegen neunzehn Uhr fielen glücklicherweise die ersten Tropfen, und schließlich wurde der Regen kräftiger. Ein Raunen ging durch die Fenster, einer La-Ola-Welle gleich, die sich leise aufbaute, dann immer lauter und lauter wurde, bis sie letztendlich in Gebrüll endete. Und ich stand mittendrin, habe meinen Aggressionen freien Lauf gelassen und mitgeschrien. Es bekam mir sehr gut, alles für einen kurzen Moment zu vergessen und einfach loszuschreien. Die Beamten hingegen sahen das als Verstoß an und sie schickten einen von uns in den sogenannten Bunker; ein winziger Raum mit einem Loch, um die Notdurft zu verrichten, und einer Gummimatte auf dem Boden. Man musste sich der Knastklamotten inklusive der rosa Unterhosen, die wir trugen, entledigen und stattdessen Papierunterhosen und -hemden anziehen. Im Bunker herrschten zudem Temperaturen wie in einer Sauna. Könnt ihr euch vorstellen, was das für ein Gefühl sein und wie das aussehen muss? Ich selbst bin nie drin gelandet, konnte mir den Bunker aber einmal anschauen, und zwar bei einer der unangekündigten Urinkontrollen. Dazu holten einen die Beamten ohne Ankündigung aus dem Bett, gleich, ob Tag oder Nacht, das war ihnen egal. Der Harn wurde umgehend daraufhin kontrolliert, ob man irgendwelche Rauschmittel zu sich genommen hatte. Mein Urin war immer ohne Befund, dennoch erkrankte ich. Ich bekam ein Kribbeln, als schliefen die Hände ein, aber zehnmal so heftig, und das bei jeder Anstrengung im gesamten Körper. Das war ein mieses

Gefühl, das mich auch befiel, wenn ich onanierte, was übrigens nötig war, um nicht durchzudrehen ... Die Krankenhausärzte, die ich deswegen häufig aufsuchte, zeigten sich allerdings ratlos.

Nach diesem Sommermonat wurde ich erneut verlegt, dieses Mal in einen Knast in Frankfurt. Die Fahrt dahin war wieder einmal fürchterlich. Am Abend zuvor kam ich in eine Transportzelle, in der lediglich ein Bett sowie ein Schreibtisch Platz fanden. Ehrlich gesagt war ich froh darüber, einen Tag lang alleine in einer Zelle zuzubringen. Morgens reichte man mir ein kleines Fresspaket, bestehend aus ein paar belegten Broten und einer Flasche mit Wasser, das salzig schmeckte. Und einen Kakao gab es – endlich etwas Normales zum Trinken. Kurz darauf stand ich neben den anderen Typen, die in Hand- und Fußfesseln den Bus bestiegen. Ich erklärte, dass ich unter Klaustrophobie litt, weshalb ich ohne eine Extratür beziehungsweise -zelle Platz nehmen durfte. Ich empfand dies als ein bisschen angenehmer, auch wenn man mir trotzdem Fußfesseln anlegte, der Vorschrift wegen. Der Transporter mit vielen Leuten von großem Gewicht setzte sich schwerfällig in Bewegung und kam endlich ins Rollen. Wir fuhren scheinbar im

Schritttempo. Die meisten Häftlinge trugen zusätzlich Handfesseln, da sie aufgrund einer besonders schwerwiegenden Tat die Sicherheitsstufe erreicht hatten. Das Stop-and-go in Frankfurt nervte extrem, da konnte einem richtiggehend übel werden. Einen der Inhaftierten, der an einer Blutzuckerkrankheit litt, überkam Schwindel. Mit demjenigen sollte ich später noch mehr zu tun bekommen. Endlich ertönte eine Hupe, ein schweres Metalltor öffnete sich, der Bus fuhr langsam hindurch und blieb plötzlich ruckartig stehen. Ich lugte aus dem kleinen Fenster und erblickte Beamte, die mit Sensoren und Metalldetektoren um den Bus herumliefen. Sie suchten wahrscheinlich nach Sprengstoff oder Ähnlichem. Schließlich rollte der Bus wieder an, hielt rückwärts an einer Rampe, und nach einigen Minuten öffnete sich die Schiebetür. Endlich kam ich aus diesem stickigen Bus raus! Mit den dämlichen Fußfesseln watschelte ich allerdings wie ein Pinguin. Jetzt hieß es erneut warten, und das in Gegenwart zwielichtiger Leute, die einem Angst einflößen konnten. An die Gesichter musste ich mich erst einmal gewöhnen.

Endlich ging es weiter mit dem Erstbezug in den Knast Frankfurt 1. Ich war beeindruckt! Ansprechender, frisch verlegter Boden und eine Toilette – mit Belüftung und einem Klodeckel! –, die obendrein glänzte. Ferner ein Schreibtisch, der die Länge der Wand einnahm, ein neuer Wasserkocher und ein Bett mit unbenutzter Matratze, die noch hart war und erst einmal ein bisschen platt gelegen werden musste. Eine kleine quadratische Öffnung stellte das Fenster dar; ein Kasten, durch den man mit Mühe den Kopf ein wenig hinausstrecken konnte. Immerhin standen uns zwei Stunden Freizeit zur Verfügung und ich durfte sofort den Hof betreten. Hier traf ich auf meinen ehemaligen Erzfeind, der sich abseits von einer Gruppe befremdlicher Gestalten befand. Aus dieser Clique löste sich ein Riese und kam auf mich zu. Ich dachte nur, Scheiße, was will der jetzt von mir?

»Ich kenne dich doch aus Weiterstadt. Als ich in dem Transporter umgefallen bin, hast du mir geholfen. Ich wollte mich bedanken bei dir und dir sagen, dass du ab heute unter meinem Schutz stehst. Mach dir keine Sorgen, dich fasst niemand an hier!«

Ich bedankte mich und ich erfuhr später, dass er mehrfacher Millionär war, aber das war mir egal, denn ich fand ihn echt nett. Und er hat mir auch oft geholfen. Etwa alle drei Wochen stand der Einkauf an; wir bekamen eine Liste und kreuzten an, was wir benötigten. Wies unser Konto keine Deckung auf, gab es leider nichts. Man konnte jedoch im Knast arbeiten, also die Dreckwäsche der Gefangenen waschen, die Flure putzen und Essen verteilen sowie den Beamten helfen. Auf jeden Fall erhielt ich trotz Geldmangels immer Hilfe beim Einkauf, da ich mittlerweile einen wahren Freund an meiner Seite hatte, mit dem ich spaßige Dinge erlebte. Nachts zum Beispiel, wenn die Zellen verschlossen wurden, knieten wir uns vor die Tür und pfiffen ein Lied, bis wir lachten. Das bewahrte uns davor, völlig abzudrehen in dem Loch.

Die Freistunden auf dem Hof, auf dem ein Basketballkorb und ein paar Tischtennisplatten standen, waren nicht gerade berauschend. Und diese Mauern! So verdammt hohe Mauern hatte ich noch nie gesehen. Mir kamen die Tränen, weil ich wusste, dass ich hier für eine lange Zeit nicht hinauskäme. Von der Welt draußen sah man nichts, gar nichts! Ich habe erst im Knast herausgefunden, dass es die Kleinigkeiten im Leben sind, die einen erfreuen. Ich begriff, dass die normalsten

Dinge der Welt im Gefängnis Luxusgegenstände darstellten. In meinem Fall bedeutete ein Fernsehgerät den puren Luxus. Wenigstens konnte ich samstags dank einem Zellengenossen fernsehen. Ich versichere euch, ohne eine Verbindung zur Außenwelt ist das Leben als Häftling nicht auszuhalten.

Mitunter ging es in der Freistunde hoch her. Einmal rauften sich einige Insassen und kreischten derbe Aussprüche über den Hof. Du Hurensohn, ich ficke deine Mutter und dich, war noch das Harmloseste. Kurz danach flogen die Fäuste zwischen vier Knackis und die Beamten rückten mit Gewehren mit Gummigeschossen im Anschlag an. Die Bediensteten könnten mit uns machen, was sie wollen, uns sogar wie Straßenhunde abknallen. Immer mehr Beamte stürmten auf die Vier zu, während eine schrille Sirene ertönte – wie in einem dilettantischen Horrorfilm. Ich verspürte nicht wenig Lust, auch einmal komplett auszurasten. Ich hielt mich selbstverständlich zurück, wollte weder einen Aufenthalt im Bunker noch eine Freizeitsperre riskieren. Ich konnte mich glücklich schätzen, dass es so etwas wie freie Zeit überhaupt gab. Der Aufstand an diesem Nachmittag bereitete den Beamten jedenfalls viel Arbeit und es dauerte, bis jeder Häftling in seiner Zelle saß. Einige Stunden später hatte ich in der Gefängniszelle meine Ruhe, hörte im Radio neue Lieder, und dachte darüber nach, was ich alles verpasste ...

Mitte September stand eine weitere Verhandlung an. Die Häftlinge ermutigten mich und meinten, ich käme mit Sicherheit zur Bewährung auf freien Fuß. Am Vorabend musste ich meine Sachen komplett packen und konnte nachts vor Aufregung nicht schlafen. Ich hoffte so sehr, da rauszukommen. Morgens um halb sieben öffnete ein Beamter die Metalltür und er fand mich in desolatem Zustand vor, weil ich nur eine Stunde hatte schlafen können. Es folgte ein tränenreicher Abschied von meinem Freund, mit dem ich mich inzwischen prima verstand. Ich wurde in die Wartezelle geführt und wartete auf die Ankunft des Polizeisprinters, der dreißig Minuten später ankam. Ich war dermaßen aufgeregt, dass mein Herz raste. Ich bekam Handschellen angelegt, die extrem schmerzten, und aus irgendeinem Grund auch Fußfesseln. Mein kleines Abteil in dem Sprinter beengte mich, ich wurde leicht panisch. Neben mir fuhren noch drei weitere Gefangene mit, die man in Weiterstadt absetzte. Der Transporter brachte mich nach

Offenbach und hielt schließlich im Hof des Amtsgerichtes an. Die Türen gingen auf, ich wurde herausgeholt und durch einen langen, unterirdischen Gang zu einer schäbigen, vergammelten Zelle gebracht. Ich erhielt ein kleines Fresspaket, drei belegte Brote und eine Flasche Wasser. Das Wasser schmeckte auch hier wie Salzwasser, richtig ekelhaft. Nach einer Stunde Wartezeit führte mich ein Beamter nach oben bis vor den Gerichtssaal. Ich begrüßte meinen Betreuer und meinen Anwalt, mit denen ich mich kurz beriet, bevor die Verhandlung losging. Ohne Hand- und Fußschellen betrat ich den Saal und mein Herz pochte bis zum Hals. Die Verhandlung dauerte zwei Stunden, und während einer Unterbrechung, weil ich nicht mehr konnte, sprach ich mit meinem Anwalt.

»Sie können eventuell auf Bewährung freikommen, aber Sie müssen bedenken, dass da noch einige Verfahren anhängig sind und Sie spätestens dann ins Gefängnis gehen.«

Ich dachte daran, was ich meinen Opfern durch den gewerblichen Betrug alles angetan hatte. Und da ich zudem einigermaßen wusste, was im Knast abging, fällte ich die schwerste Entscheidung in meinem Leben.

»Ich werde drin bleiben«, sagte ich, auch wenn es mir verdammt schwerfiel.

Die Staatsanwältin forderte drei Jahre. Mir platzte der Kragen und ich wurde laut, bis mein Anwalt mich in die Schranken wies. Für einen kurzen Augenblick überlegte ich, mit Vollgas aus dem offen stehenden Fenster zu springen und abzuhauen. Aber das hätte noch mehr Ärger gegeben, abgesehen von einem äußerst schmerzvollen Aufkommen nach dem Sprung. Also fügte ich mich meinem Schicksal. Das Urteil lautete zwei Jahre und sechs Monate wegen gewerblichen Betruges in Tateinheit mit Urkundenfälschung – ein Riesenschock für mich! Für einen Tag ging es retour nach Frankfurt. Als ich dort meinen guten Freund und meine Bekannten in der Freizeitstunde traf, musste ich weinen, ich konnte einfach nicht mehr, denn ich wusste: Es gab keinen Weg zurück.

Am nächsten Morgen um sieben Uhr fuhr ich im großen Polizeibus nach Wiesbaden. Ich kauerte auf einer Holzbank in einem kleinen abgesperrten Raum. Ich blickte aus dem Fenster, sah in lachende Gesichter, und meine Tränen liefen, ich fühlte mich beschissen.

Einmal, als wir an einer Ampel hielten, stand neben uns ein Baustellenfahrzeug und der Fahrer sah mir in die Augen. Ich winkte ihm zu und er grüßte zurück. Ich war mir sicher, dass er ahnte, wie mir zumute war. Weiter ging es nach Wiesbaden in die Justizvollzugsanstalt! Draußen herrschten Temperaturen von 25°, ich war nass geschwitzt und wollte einfach nur pennen, egal wo. Aber vorher hieß es, über eine Stunde zu warten, bis Fotos gemacht und meine Daten aufgenommen wurden. Ich bekam sogar für ein paar Minuten mein Handy. Ich sage euch, das war ein komisches Gefühl, es nach fünf Monaten in der Hand zu halten. Kurz darauf erhielt ich Decken, einen Wasserkocher, Waschzeug und Geschirr. Ein Beamter und der Hausarbeiter holten mich ab und steckten mich in eine Zelle, die gefühlte tausendmal kleiner war als in Frankfurt. Etwa zehn Quadratmeter, das Klo stand direkt neben dem Bett und die Sonne knallte durch ein dreckiges Fenster – ich schätzte die Temperatur auf 27°.

Ich wurde eingeschlossen und räumte meine Knast-klamotten in den Schrank. Meine eigene Kleidung musste ich abgeben, hier durfte man sie nicht behalten wie in den anderen JVAs. Alles war so eng und ungewohnt, nahezu beängstigend. Ich drehte mir erst einmal eine Kippe, was nicht einfach war, denn ich brauchte normalerweise einen Tisch dafür. Der Rauch vernebelte die kleine, schäbige Zelle und mit jedem Zug entspannte ich mich ein bisschen. Es klopfte und jemand öffnete unter Anstrengung die Tür. Hereinkam die Sozialarbeiterin, die sehr hübsch aussah, und ich hätte sie am liebsten auf der Stelle geküsst und vernascht. Wir betraten ihr Büro und sie nahm meine Daten auf; sie wollte alles von mir wissen. Ich fragte sie, wie schnell ich an ein Fernsehgerät kommen könnte. Ich sollte mein Anliegen niederschreiben und musste jede Kleinigkeit beantragen, selbst, wenn ich mit dem Pfarrer reden wollte. Ich dachte mir, dass es nicht noch schlimmer werden könnte, aber es wurde noch viel schlimmer!

Plötzlich ertönte ein lauter Gong und eine Durchsage verkündete die Freistunde. Ich ging nach draußen in die Hitze und wandte mich gleich an meinen Zellengenossen, mit dem ich sofort ins Gespräch kam. Er brachte mich auf den aktuellen Stand, erklärte, was ich zu beachten habe, wen ich besser nicht ansprechen oder schief angucken solle. Ich befand mich hier in einem Jugendknast und jeder wollte beweisen, dass er die dickeren Eier hatte. Dafür riskierten die Insassen auch schon mal eine Schlägerei, die Konsequenzen waren denen scheißegal. Das konnte ja was geben in dieser JVA, hätte ich bloß in Frankfurt bleiben können! Da hatte ich immer jemanden an meiner Seite gehabt, der hinter mir stand, und nun musste ich meinen Alltag selbst bewältigen. Bei 32° unterhielt ich mich also mit den anderen, spielte eine Runde Tischtennis. Die Beamten liefen breitbeinig herum und machten auf Obergurus, während sie zu Hause zweifelsohne Pantoffelhelden waren. Ich hätte schon wieder heulen können, was für eine verdammte Scheiße hier!

Die Freistunde war vorüber, und ein Beamter zählte uns, als wir durch die Tür hineintraten. Überflüssig, konnte doch eh keiner abhauen! Zwischenzeitlich kam etwas Unruhe in der Gruppe auf, da einige Neue – so wie ich – gekommen waren, der Tumult legte sich jedoch rasch und ich kehrte in meine Gammelzelle zurück. Die Sonne schien erbarmungslos herein, da nicht einmal ein simpler Vorhang vor dem Fenster hing. Den musste man sich kaufen oder durch Tabakgeschäfte erwerben, aber mit Geschäften dieser Art war ich noch nicht vertraut. Wir lebten hier zu zehnt in einer Art

Wohngemeinschaft, und als am nächsten Morgen die Zellen aufgeschlossen wurden, sprangen zwei von uns direkt unter die Dusche und blockierten sie für zwanzig Minuten. Vielleicht schoben die beiden da drin ja eine Nummer. Keinen Sex zu haben, nervte mich ungemein, aber auch, wenn ständig Handbetrieb angesagt war, würde ich nicht mit einem Typen ins Bett steigen. Dennoch lebte ich mich langsam ein und die vier Jungs, mit denen ich mich gut verstand, fragten nach meiner Geschichte, wollten wissen, was ich angestellt und wie lange ich abzusitzen hatte. Mich störte allerdings, dass ich im Gegensatz zu den meisten anderen noch kein Fernsehgerät hatte. Also erkundigte ich mich bei den Beamten nach einer Bibliothek. Tatsächlich gab es eine und ich lieh mir zehn Bücher auf einen Schlag aus. Der Beamte schaute mich verdutzt an und sagte, so viele Bücher habe lange keiner mehr gelesen. Irgendwie müsse ich die Zeit ja totschlagen, schließlich dürfe ich noch nicht arbeiten, meinte ich zu ihm. Das käme noch, das dauere immer ein bisschen länger hier, versicherte er mir. Ich wurde wie gehabt in meine enge Zelle ein-geschlossen, dabei könnte ich mir was Besseres vorstel-len. Hätte ich bloß nicht so eine Scheiße gebaut, dann wäre ich auch nicht in dieser Situation. Hätte, hätte ...

Die Insassen schrien wieder einmal zum Fenster hinaus, das nervte! Selbst, wenn das Fenster geschlossen war, hörte ich sie. Ich versuchte zu lesen, was schier unmöglich war. Schlafen ging auch nicht, unzählige Gedanken schossen mir durch den Kopf. Verdammt, warum hatte ich so viel falsch gemacht, warum so eine Scheiße gebaut? Erst gegen drei Uhr fand ich ein wenig Entspannung – was für eine Nacht!

Um sechs Uhr schloss ein Beamter die Tür auf, raunte mir ein *Guten Morgen* zu. Noch nicht einmal pennen konnte man hier richtig. Um zehn Uhr nahmen wir ein gemeinsames Frühstück ein. Ich war baff, so etwas kannte ich aus dem Erwachsenen-Vollzug nicht. Wir deckten den Tisch und aßen Brötchen, eine angenehme Abwechselung. Mit den Jungs in meiner Wohngemeinschaft verstand ich mich mittlerweile auch gut. Einer, an dessen Spitznamen ich mich leider nicht mehr erinnere – wenn er das liest, weiß er, dass ich ihn meine –, kaufte mir einige Bücher ab. Er ist zu einem echt guten Freund geworden. Eine Zeit lang war er Hausarbeiter, das heißt, für die Häftlinge Essen austeilen, Wäsche reinigen und so weiter. Diese Hausarbeiter hatten eine Menge zu erledigen, standen um 6 Uhr auf und arbeiteten ab 6.45 Uhr. Gegen 13 Uhr ging es kurzzeitig in die Zellen, bis aufgeschlossen wurde zur Mittagskostausgabe. Dann saßen wir in einer Runde mit zehn Mann und aßen gemeinsam mit den Sozialarbeitern. Leider nicht jedes Mal, da die auch viel zu tun hatten. Vor allem mit mir, da ich die Klientel hier drin nicht gewohnt war und Schwierigkeiten magisch anzog. Eines Abends zum Beispiel wollte ich duschen gehen, als plötzlich jemand in meine Zelle stürmte.

»Ey, Junge, wenn du mir nicht beim nächsten Einkauf eine Dose Tabak mitbringst, fick ich dich! Dann wirst du es hier nicht mehr so leicht haben und musst auf deinen Arsch aufpassen«, schrie der Typ.

Er packte mich am Hals und wollte zuschlagen, doch in diesem Moment ertönte eine Sirene und ein Dutzend Beamte stürmte in meine Zelle. Sie zerrten uns auseinander, sperrten die anderen Häftlinge augenblicklich in ihre Zellen und hielten sie unter Verschluss. Der Vorfall schockierte mich in höchstem Maße. Im Anschluss mussten der Typ und ich obendrein ätzende Gespräche mit den Sozialarbeitern führen, und berichten, was passiert war, warum und so weiter.

An einem Dienstag kündigte sich Besuch an: meine Exfreundin und deren Eltern. Um 13.45 Uhr holte man mich ab. Mein Herz schlug heftig vor Freude und Trauer. Doch zunächst hieß es Taschenkontrolle, und anschließend warteten wir, bis wir aufgerufen und zu fünft abgeholt und in den Besucherraum geführt wurden. Ich erblickte sie und ihre Eltern und mir kullerte eine einzelne Träne die Wange herunter. Wir durften uns unter strenger Aufsicht kurz umarmen. Die Drei brachten mir Schokolade und etwas zu trinken mit. Ich fühlte mich beschenkt wie an Weihnachten. Weil ich Schulden hatte, konnte ich mir solche Leckereien leider nicht leisten. Wir unterhielten uns und meine ehemalige Freundin und ich hielten uns an den Händen. Das war schon ein komisches Gefühl, die Menschen, die ich liebte, hier zu sehen, aber zu wissen, dass ich nicht mit ihnen gehen konnte, zerriss mir das Herz. Nach einer Stunde war die Besuchszeit zu Ende und die Mutter brach in Tränen aus. Auch ich fing an zu weinen, denn das nächste Treffen fand erst in vier Wochen statt. Auf dem Rückweg in die Wartezelle führte man uns einzeln in einen gesonderten Raum, wo wir uns komplett ausziehen und einmal in die Hocke gehen mussten. Die Beamten kontrollierten, ob wir etwas im Hintern versteckt hielten. Zurück in meiner Zelle überkam mich eine tiefe Traurigkeit und ich begann zu schreiben.

Die folgenden Tage verliefen ohne besondere Vorkommnisse. Ich befand mich inzwischen in der Lehre, sollte meine Ausbildung innerhalb von zehn Monaten wiederholen. Mein Chef war äußerst streng. Seine Härte verhalf mir allerdings dazu, die Abschlussprüfung als Bester zu bestehen. Eine Woche vor der Prüfung wollte ich unbedingt im Haus bleiben, um in Ruhe zu lernen, aber mein Vorgesetzter machte mir einen Strich durch die Rechnung. Ich wandte mich sogar an das Gericht – ohne Erfolg. Schließlich trafen wir eine Abmachung, nach der ich in meiner Zelle verbleiben und konsequent fünf Stunden täglich lernen konnte. Dank dieser einen Woche intensiver Vorbereitung bestand ich. Nebenbei absolvierte ich einen Englischkurs, sodass mein Realschulabschluss anerkannt wurde.

Montagsabends um fünf Uhr bot eine nette ältere Dame einen Malkurs für die Häftlinge an. Bei Kaffee und leckeren Keksen konnte man sich ausruhen und abschalten, weil eine beruhigende Stille herrschte. Es ging auf Weihnachten zu, und ich verspürte wenig Lust, die Feiertage hier zu erleben. Vor allem Silvester, aber was blieb mir übrig? Ein paar Jungs und ich setzten einen *Fiffi* an, ein Gebräu aus Brot und Obst, das zu Alkohol vergärt. Ich kostete davon und es schmeckte sogar. Mein Nachbar hat sich dummerweise mit etwa zwölf Litern erwischen lassen. Der Arme wanderte sofort in den BGH, *besonders gesicherter Haftraum.*

Am Heiligen Abend spielte ich im Gottesdienst vor sehr vielen Besuchern Gitarre und sang dazu. Das Adrenalin schoss in meinen Körper und ich genoss den Auftritt. Nach der Feierlichkeit erstellten wir eine Einkaufsliste für die Sozialarbeiter. Am folgenden Morgen, ich hatte wie so oft von einem Leben in Freiheit geträumt, wachte ich mit Tränen in den Augen auf und dachte erneut an den Mist, den ich gebaut hatte. Ich könnte mich dafür immer wieder aufs Neue ohrfeigen. Die Tür sprang auf und ein Mitarbeiter riss mich aus meinen Gedanken. Ich wollte mit drei Freunden kochen, also musste ich antreten. Die anderen nölten und fragten nach Kippen, denn der Einkauf war noch nicht geliefert worden. Ich bereitete Hähnchenschenkel mit Reis und verschiedenen Soßen vor und versuchte den

Weihnachtsbaum zu schmücken. Ein schwieriges Unterfangen, da vor dem Baum eine Tischtennisplatte stand, gegen die die Mitgefangenen häufig stießen. Die Küche sah aus, als wäre eine Bombe eingeschlagen, aber das machten zum Glück andere sauber. Eine Glocke läutete und eine Durchsage ertönte. Wir sollten zur Mittagskostausgabe Schüsseln mitnehmen. Ich hasste es, wenn es Suppe gab, etwas Ekelhafteres habe ich kaum gegessen; meistens nahm ich nur Brot oder Nudeln, die ich im Wasserkocher garte, zu mir. Später gäbe es jedoch etwas Leckeres zu essen, und da freute ich mich schon drauf. Obwohl wir im Knast steckten, kam dennoch Harmonie am Heiligen Abend auf. Es gab zugegebenermaßen kleine Streitigkeiten, dagegen waren wir nicht immun, aber alles in allem verlebten wir die Feiertage relativ ruhig. Ab und an nahm ich einen Schluck *Fiffi* und die anderen zogen an einem Joint – Knastalltag eben.

Silvester lief im Vergleich dazu stressig ab, wir genossen zwar mehr freie Zeit und blieben länger draußen, gegen Abend jedoch kam Unruhe auf. Von meinem Fenster aus konnte ich zwei der Gefängnisbauten sehen und deren Häftlinge. Um zweiundzwanzig Uhr lieferten sich die Bewohner eine Art Battle, um herauszufinden, welches Haus das lautere ist. Einer schrie los und die anderen brüllten hinterher. Mit der Ruhe war es selbstverständlich vorbei und die Beamten waren in höchster Alarmbereitschaft. Kurz vor Mitternacht ging es dann richtig los, die Gefangenen klapperten mit allen möglichen Gegenständen an die Gitterstäbe und machten Krawall. Was für eine Lautstärke, es war der Wahnsinn! Ich beteiligte mich ebenfalls und schlug meinen Stuhl gegen die Zellentür. Ein Raunen ging durch die Menschenmenge und wie eine La-Ola-Welle schwappte der Lärm hin und her, von Haus zu Haus. Die Beamten standen unten auf dem Hof und schauten zu den Fenstern, unternahmen aber erst einmal nichts. Mein Zellengenosse, der es ein bisschen übertrieben hatte mit der Türklopferei, wurde nachts in den Bunker abgeführt. Ich stellte in der Neujahrsnacht Fotos von meinen Lieben auf meinen Schreibtisch, aß ein paar Schnittchen und sah fern, bis ich endlich einschlief. Am nächsten Tag hatte ich fast keine Stimme mehr wegen des Gebrülls am Vorabend.

»Du warst ja ganz schön laut. Sei froh, dass du nicht in den Bunker gekommen bist!«, sagte ein Beamter im Vorübergehen zu mir.

Zwei Tage danach wurde ich zum Sprecher unserer Wohngemeinschaft gewählt (in einer WG lebten immer zehn Leute zusammen). Für mich bedeutete das eine Lockerung, das hieß, ich durfte für kurze Zeit nach draußen. Begleitet wurde ich entweder von einem Sozialarbeiter oder von der Mentorin, die mir an die Seite gestellt wurde dank einem ehrenamtlichen Programm des Staates. Endlich konnte ich meine eigene Kleidung anziehen, das war wie Weihnachten und Geburtstag zusammen. Durch die Sicherheitsschleusen zu gehen, löste in mir ein merkwürdiges Gefühl aus. Ich genoss für einige Stunden Freiheit ... FREIHEIT!!! Wir betraten ein Bekleidungsgeschäft und ich erstand von meinem Überbrückungsgeld, das ich während der Arbeitszeit angespart hatte, ein paar Klamotten.

Die vielen Eindrücke und die Menschenmassen zu vearbeiten, fiel mir äußerst schwer. Ich konnte mich auch nicht lange in dem Trubel aufhalten, weil ich Angstzustände bekam. Dennoch erfuhr ich ein fantastisches Freiheitsgefühl, endlich schaltete ich einmal komplett ab und dachte nicht an die schäbigen, hohen Gefängnismauern und die verfluchten Gitterstäbe vor den Fenstern. Die Zeit verging wie im Fluge, und viel zu schnell fand ich mich in meiner Zelle wieder. Müde drehte ich mir eine Zigarette und legte mich auf das unbequeme Bett, das meinem Rücken langfristig schadete. Am nächsten Morgen um sechs Uhr meldete sich jemand bei mir über die Rufanlage. Heute um zehn Uhr stehe ein Termin im Krankenhaus an, hieß es. Mit der Einlieferung in den Knast bin ich erkrankt. Durch meinen gesamten Körper läuft seitdem ein Kribbeln, so, als ob die Hand einschläft, nur zehnmal so heftig und das bei jeder Anstrengung. Migräne und Übelkeit kamen hinzu, und ich suchte regelmäßig Ärzte auf, doch die Neurologen verzweifelten an mir. Um 9.30 Uhr holte mich ein Beamter ab, der mich zunächst in einen Warteraum führte. Hier legte man mir Fußfesseln an. Damit lief ich wie ein Pinguin mit winzigen Schritten Richtung Bus. Ich sah durch die kalten, rostigen Gitterstäbe hinaus und es war mir sehr peinlich, dass mich die Leute von draußen so sehen konnten. Als wir im Krankenhaus ankamen, watschelte ich durch den Krankenhaustrakt, und ein Vater, der mit seiner kleinen Tochter auf einer Bank saß, zeigte mit dem Finger auf mich und sagte zu dem Mädchen: »Das passiert dir, wenn du ganz böse bist.« Das geht mir bis heute nicht aus dem Kopf ...

Zurück im Knast hatte ich meine letzte sogenannte Förderplanfortschreibung. Das bedeutete, dass zum Beispiel besprochen wurde, welche Auflagen ich noch zu erfüllen hatte. Und wenn ich mich nicht daran hielte, gäbe es Freizeitsperren und Wegnahme des Fernsehers. Weiterhin hieß es, dass die Stellungnahme auf vorzeitige Entlassung an den Richter geschickt werde. Ich freute mich ungemein, das war ein unbeschreiblich tolles Gefühl!

Am 12. April sollte ich aus der Haft entlassen werden. Mittlerweile war bereits der 10. April und der Beschluss war immer noch nicht eingetroffen. Ich bekam langsam Panik, was, wenn der Bescheid nicht käme und ich länger bleiben müsste? Seit vier Tagen schlief ich wegen der Aufregung nicht mehr als zwei Stunden. Am 11. April lief ich nervös in meiner Zelle hin und her, schließlich sollte ich am nächsten Tag in die ersehnte Freiheit entlassen werden. Zwei Geburtstage, zweimal Weihnachten und Silvester hatte ich hier zugebracht, Schutzgelderpressung Korruption und weitere Dinge im Bau miterlebt. Ich konnte nicht mehr, ich war fix und fertig. Ich hatte im Gefängnis den Horror auf Erden erlebt und trug selbst die Schuld daran. Zwar durfte ich manchmal in den Musikraum, um Gitarre und Klavier zu spielen, was mich einerseits entspannte, mich andererseits zum Weinen brachte. Auch während der Einzelgespräche mit dem Pfarrer und dem internen Anstaltspsychologen weinte ich häufig. Ich habe noch nie so viel Tränen vergossen wie hier im Knast.

Es klopfte an der schäbigen, schweren, rostigen Metalltür und ich zuckte zusammen, da ich vertieft in meine Gedanken gewesen war. Der Beamte grinste mich an.

»Ich glaube, das ist dein Brief in die Freiheit«, sagte er.

Ihr glaubt nicht, wie schnell ich den Brief in der Hand hielt und aufriss. Das Papier ließ ich auf den Boden fallen und las mir den Beschluss durch. *Hiermit ergeht folgendes Urteil: Das Strafmaß wegen gewerblichen Betruges beträgt 2 Jahre und 6 Monate. Der Gefangene hat 1 Jahr und 11 Monate davon verbüßt und die letzten Monate werden ihm angerechnet und zur Bewährung ausgesetzt. Die Bewährung beträgt 3 Jahre nach der Haftentlassung. Der Gefangene wird wegen guter Führung vorzeitig entlassen.* Freudentränen schossen mir in die Augen und ich ließ einen Schrei los. Ich konnte in dieser Nacht überhaupt nicht schlafen, weil ich so verdammt aufgeregt war und mich dermaßen freute. Außerdem saß in der Nachbarzelle ein psychisch gestörter Häftling ein, der nahezu ununterbrochen gegen die Wand boxte. Dreimal schlossen die Beamten seine Zelle auf, um nachzusehen, ob er noch lebte.

Um sechs Uhr öffnete sich meine Gefängniszelle, ich durfte duschen gehen und mich in Ruhe anziehen. Im Anschluss schrubbte ich die Zelle, damit mein Nachfolger keinen Schock bekäme. Überall lag Tabak verteilt, die Wände sahen ekelhaft aus, und ich erhielt die Erlaubnis, diese zu streichen. Mein Herz hüpfte unablässig und das Gefühl, bald in Freiheit zu sein, war atemberaubend. Der Hausarbeiter half mir, einen Karton, das Miet-Fernsehgerät sowie ein paar Bilder auf einen Karren zu hieven. Endlich hatte ich es geschafft, und ich lief freudestrahlend und singend Richtung Kammer, spürte dabei neidische Blicke aus vergitterten Fenstern im Rücken. Die Kammer war der Umschlagplatz, wo sich die Gefangenen umzogen und die Wäsche gewaschen wurde. Zum letzten Mal saß ich in einer Wartezelle, jedoch wurde ich bevorzugt, da ich noch einige Termine hatte. Ich musste meine Knastklamotten in einen Behälter werfen und zählen. Fehlte ein Stück, musste dies vom Überbrückungsgeld bezahlt werden. Aber bei mir war glücklicherweise alles vorhanden. Endlich zog ich meine Privatklamotten an und nahm mein Handy in Empfang. Zum Schluss stand ein Abschlussgespräch mit der Anstaltschefin an. Sie beschwor mich eindringlich, nie wieder so einen Mist zu bauen, und ich konnte nicht umhin, ihr zu berichten, was ich hier absolut nicht in Ordnung fand. Danach begleitete mich ein Beamter zur Eingangspforte, und ich fragte ihn, ob ich nicht wie im Film aus dem Riesentor hinausspazieren dürfe, was er bedauerlicherweise verneinte. So verließ ich das Gebäude durch den Nebeneingang. Erstaunlich, was nach fast zwei Jahren Haft übrig blieb: nur ein kleiner Karton mit meinen Habseligkeiten. Ich zündete mir eine Zigarette an und rauchte meine erste Kippe in Freiheit – ein befremdliches Gefühl. An der Ecke erwartete mich meine Mentorin, um mich nach Kelkheim in eine Pension zu begleiten. Dort sollte ich für den Übergang wohnen, bis ich eine eigene Wohnung fände. Das Ehepaar, das die Pension führte, nahm mich freundlich auf. Nachdem ich die Zimmerschüssel bekommen hatte, warf ich mich zuerst auf das Bett. Wie erwartet, lag es sich hier besser als in der JVA, was keine Kunst war. Das Ehepaar, das mir eine Unterkunft bot, wusste nichts von meinem Gefängnisaufenthalt und es fiel mir schwer, ihnen gegenüber die Klappe zu halten. Ich konnte meine Freude mit niemandem teilen, bis ich endlich meine Eltern anrief, denen ich damals so weh getan hatte. Ich bereue zutiefst und ich hoffe, dass ich sowohl zu ihnen als auch zu meinen Geschwistern langfristig ein normales Verhältnis aufbauen kann, denn es schmerzt, zu niemandem mehr Kontakt zu haben. Und ich werde allen beweisen, dass ich mich auf dem richtigen Weg befinde.

An meinem ersten Nachmittag in Freiheit kaufte ich mir ein Bier und es schmeckte reichlich komisch, da ich fast zwei Jahre keinen Alkohol getrunken hatte. Später kam ich, weil ich ein kontaktfreudiger Mensch bin, doch noch mit dem Pensionsehepaar ins Gespräch und erzählte meine Geschichte, und die formlose Beziehung entwickelte sich zu einer wahren Freundschaft. Die erste Nacht ohne Gitter vor dem Fenster war der Hammer, ich blickte die meiste Zeit hinaus und ging später noch spazieren. Nichtsdestotrotz fühlte ich mich ungeheuer einsam, auch wenn es wundervoll war, ein freier Mensch zu sein.

Am nächsten Tag fuhr ich nach Frankfurt zum Erstgespräch mit meinem Bewährungshelfer, der einen netten Eindruck bei mir hinterließ. Danach gönnte ich mir etwas Leckeres zu essen und erstand von meinem Überbrückungsgeld einen günstigen Laptop. Eine Woche später sollte ich bereits anfangen zu arbeiten, aber es stellte sich als schwierig heraus, in einem normalen Alltag Fuß zu fassen. Mich beschäftigten andere Dinge, nicht vordergründig eine Arbeit. Alles war noch so ungewohnt, und ich fühlte mich ein bisschen im Stich gelassen. Im Knast wird man von vorne bis hinten bemuttert – also ich weniger, ich erledigte fast alles selbst –, und dann wird man ins kalte Wasser geworfen. Ich kann verstehen, wenn die meisten rückfällig werden.

Nach langer Zeit traf ich mich endlich wieder mit meiner Tante, die mir viele Briefe ins Gefängnis geschickt hatte. Die enorme Ähnlichkeit mit meiner Mutter erzeugte in mir ein merkwürdiges Gefühl, schließlich hatte ich meine Mutter seit ungefähr fünf Jahren nicht mehr gesehen. Wir unterhielten uns ausgiebig und ich erzählte von den Dingen, die mir im Knast widerfahren waren. Als ich abends in der Pension eintraf, lud mich der Inhaber auf ein Bier in seine Stammkneipe ein.

Irgendwie schien ich draußen langsam anzukommen, dennoch blieb es schwierig, sich nach dem Gefängnisaufenthalt zu regenerieren, gab es doch so viele Kleinigkeiten, die man beachten musste. Ich sage euch, das, was ich durchgemacht habe, wünsche ich niemandem!

Auch die Wiedereingliederung in die Gesellschaft ist wahrlich nicht einfach. Anfangs verhielt ich mich still und redete wenig, ich war sehr verschlossen und hatte Probleme, mich an Gesprächen zu beteiligen. Meine Tante lieh mir dann eine Gitarre und dank der Musik konnte ich mich den Menschen allmählich öffnen. Ich meldete mich in einem Dating-Chat an und lernte eine Frau kennen, die mich in der Pension besuchte, und in die ich mich verliebte. Durch sie lernte ich, wieder offen auf Menschen zuzugehen. Ich bin zurzeit auf einem Weg, der holprig ist und steinig, aber ich werde diesen Weg gehen, und meinen Alltag so ordnen, dass ich ein straffreies Leben führe. Es ist als Vorbestrafter extrem schwierig, eine Arbeit zu finden und sich ein normales Umfeld aufzubauen. Man muss darauf achten, Fehler zu vermeiden, denn wenn man zur Bewährung auf freiem Fuß ist, reicht ein kleiner Fehler, um ohne Umschweife wieder hinter Gittern zu sitzen.

Ich gebe euch den Rat: Lasst euch von niemandem beeinflussen und zu irgendeiner Scheiße hinreißen, die ihr nicht wollt. Ich habe das damals gemacht und meine Taten schwer bereut. Nehmt von kriminellen Personen unbedingt Abstand! Macht euer Ding, ohne in die Illegalität abzurutschen, auch wenn es gerade heutzutage schwerzufallen scheint.

Ich drücke es einmal salopp aus: Wenn man den Arsch zusammenkneift und durchhält, schafft man das. Ich weiß es, denn ich selbst habe den Arsch zusammengekniffen und zum Beispiel endlich dieses Buch fertiggestellt. Glaubt mir, es ist viel besser, jede Nacht ruhigen Gewissens zu schlafen, als ständig daran denken zu müssen, ob man vielleicht erwischt wird. Denkt, bevor ihr zu einer Straftat verleitet werdet, also lieber fünfmal nach! Ich habe nicht nachgedacht und das hat mir das Genick gebrochen.

Vor einem Jahr bin ich aus der JVA entlassen worden, und ihr könnt mir glauben, das Leben war und ist kein Zuckerschlecken, aber es ist trotz allem zu bewältigen. Ich hoffe, dieses Buch hat euch gefallen!

Ein weiteres Buch mit der kompletten Geschichte der Wiedereingliederung ist übrigens in Arbeit. Dann gehe ich richtig ins Detail, denn aus Datenschutzgründen durfte ich leider nicht alles so niederschreiben, wie ich es wollte. Ich hoffe, dass ihr mehr lesen wollt zu diesem Thema und diesem Leben, das zwar steinig ist, aber jeden Tag aufs Neue spannend.

Liebe Grüße an euch!
Der Autor Nico Gertler

Danke an:

Mit diesem Buch möchte ich mich vor allem bei demjenigen bedanken, der mich gedanklich auf diesen Weg gebracht hat. Er sitzt leider noch ein und ich hoffe, er weiß, dass ich an ihn denke. Danke an dich, mein Lieber! Ich denke an dich und werde dich besuchen, mein Freund. Ich wünsche dir, dass du bald entlassen wirst.

An zweiter Stelle möchte ich mich sehr bei Frau Tanja Fürstenberg bedanken, die es ermöglicht hat, dass mein Buch endlich veröffentlicht wird. Nach langer, aufwendiger Zeit und vielen endlosen Telefonaten haben wir es doch endlich geschafft. Und dafür danke ich dir recht herzlich, Tanja.

Und natürlich möchte ich mich bei den Sozialarbeitern bedanken, die einem mit so viel Konsequenz und Druck in den Arsch treten, damit man etwas aus seinem Leben macht.

Außerdem den Pfarrern in den JVAs, die Seelsorge betreiben. Respekt, dass sie sich so ins Zeug legen und den Strafgefangenen ein offenes Ohr schenken, denn es gibt echt nicht viele, die das machen.

Und natürlich dem psychologischen Dienst vielen Dank dafür, dass sie so viele Gespräche ermöglichten.

Es ist großartig, dass es eine ehrenamtliche Organisation gibt, die sich mit einem sogenannten Mentoring-Programm um Strafgefangene kümmert. Danke an die Mentorin, die mit viel Mühe und Unterstützung dabei ist und einen immer wieder auffängt.

Ganz herzlich möchte ich mich bei Frau Mukadder Yilmaz von der privaten Arbeitsvermittlung bedanken für ihre ermutigenden Worte und derzeitige Unterstützung, mich ganz nach vorne zu bringen. Ich danke dir von ganzem Herzen, dass du so hinter mir stehst und mich unterstützt, und dass wir uns kennen. Wir schaffen alles!

Danke dem Betreuer, der es auch nicht immer leicht hat mit Strafgefangenen, aber sich immer wieder durchbeißt, egal, was kommt. Machen Sie weiter so!

Herzlichen Dank auch an die Bewährungshelfer, die die Strafgefangenen immer unterstützen und nach Lösungen suchen, wenn man mal Mist gebaut hat.

Ein ganz besonderer Dank gilt auch Kirstin M., die mich auf meinem Weg immer noch sehr unterstützt, und die mich zu vielen Terminen begleitet. Kirstin, ich danke dir von ganzem Herzen, ich bin sehr froh, dich an meiner Seite zu haben als Bezugsperson.

Ich möchte auch einem Nachbarn von mir sehr danken, der mir den letzten Anstoß gegeben hat, das Buch endlich fertigzustellen. Vielen Dank, mein Lieber, immer weiter so! Ich bin auch froh, dass ich in meiner Nachbarschaft und generell im Ort so gut aufgenommen worden bin.

Ein Dank gilt auch meiner Feuerwehrtruppe, mit der man immer viel Spaß hat und die wie eine große Familie ist, mit der man sich über alles unterhalten kann. Danke, dass ihr für mich da seid.

Ich danke Davor T. und seiner kompletten Familie, die immer hinter mir stand und mich in allem sehr unterstützt hat damals. Davor, du bist mein Bester, ich danke dir, dass du damals so zu mir gestanden hast und jetzt noch zu mir stehst. Ich weiß, es war keine einfache Zeit und ich bin dir von ganzem Herzen ein Leben lang dankbar und natürlich auch deiner Familie, insbesondere deiner Mama.

Ich danke auch meinen Vermietern sehr herzlich, dass sie mich damals unter den gegebenen Umständen so herzlich empfangen haben. Vielen lieben Dank an euch, meine Lieben.

Dieses Buch habe ich geschrieben, um der Gesellschaft zu zeigen, wie es hinter Gittern aussieht. Mein Ziel mit diesem Buch ist es, den Jugendlichen in den Schulen durch Vorlesungen nahezubringen, dass sie lieber zehnmal nachdenken sollten, bevor sie eine Straftat begehen. Und ich hoffe, ich kann ganz viele Vorlesungen halten, um meine Erfahrungen aus nächster Nähe an die Jugendlichen weiterzugeben.

Ich möchte meiner Familie auch beweisen, dass man, egal, wie viel Mist man im Leben gebaut hat, es auch schaffen kann, wenn man es nur will – die Worte meiner Mutter. Und ich hoffe und es liegt mir auch sehr am Herzen, dass man sich innerhalb der Familie wieder näher kommen kann. Ich weiß natürlich auch, dass es nicht von heute auf morgen geht, aber ich finde, dass das Buch ein großer Schritt ist. Ihr seid immer in meinem Herzen, egal, was kommen wird, ich habe euch sehr lieb. Ich weiß, es war nicht immer einfach mit mir, aber ich hoffe, ihr könnt mir irgendwann verzeihen, so wie der Rest der Familie.

Ich widme dieses Buch meiner Familie, damit sie sieht, dass ich aus den Erfahrungen, die ich in meinem Leben gemacht habe, vieles mitgenommen und auch wirklich daraus gelernt habe. Ich hoffe sehr, irgendwann mit der ganzen Familie wieder in Kontakt zu stehen. Ich bereue sehr, dass ich mir damals alles kaputtgemacht habe. Und ich kann das emotional immer noch nicht verkraften, aber ich bin stark und werde meinen Weg gehen.

Vielen Dank, an alle Leute, die ich jetzt vergessen haben sollte. Ich bin auf einem guten Weg und hoffe, dass mein Buch der Jugend ein Stück weit helfen kann. Zwei weitere Bücher sind noch in Arbeit und werden bald folgen.

Vielen Dank
Nico Gertler